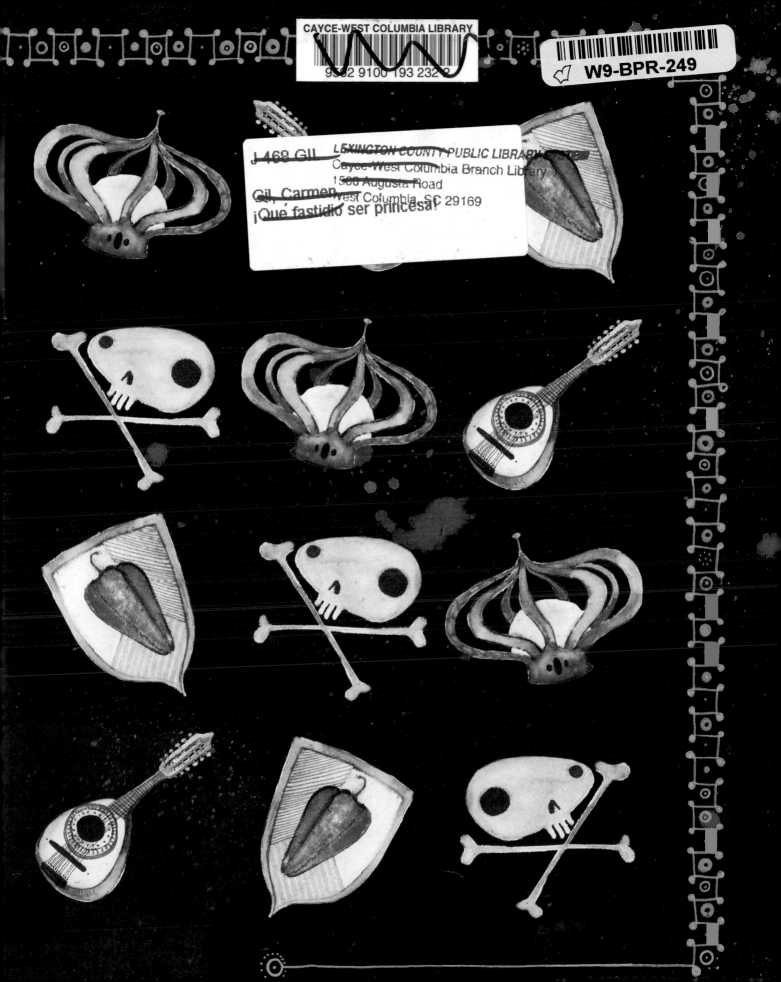

CUENTO DE LUZ

A la princesa Alegría León, que será pirata,
caballera andante o juglaresa.

¡Qué fastidio ser Princesa!

© 2012 del texto: Carmen Gil
© 2012 de las ilustraciones: Daniel Montero Galán
© 2012 Cuento de Luz SL
Calle Claveles 10 | Urb Monteclaro | Pozuelo de Alarcón | 28223 Madrid | España | www.cuentodeluz.com

ISBN: 978-84-15241-14-0

Impreso en China por Shanghai Chenxi Printing Co., Ltd. enero 2012, tirada número 1256-05

FSC
www.fsc.org
MIXTO
Papel procedente de
fuentes responsables
FSC® C007923

¡QUÉ Fastidio SER PRINCESA!

Carmen Gil

Daniel Montero Galán

Vive en un palacio enorme,
que está en el quinto pimiento,
mas Nona no está conforme
con ser princesa de cuento.

Vagando por los salones
con traje largo, su alteza
da continuos tropezones
y va al suelo de cabeza.

Ha de parecer perfecta,
sonriendo todo el rato,
y caminar siempre recta,
aunque le apriete un zapato.

Ir con tanto perifollo,
cientos de alhajas y adornos,
es un auténtico rollo:
¡le causa muchos trastornos!

No puede una soberana
cometer ningún desliz,
bostezar si tiene ganas
ni rascarse la nariz.

Debe aprender etiqueta,
tocar bien el clavicordio
y mostrarse muy discreta.
¡Ser princesa es un incordio!

Mirar hacia todos lados
esperando, envuelta en tul
y con los brazos cruzados,
que llegue un príncipe azul.

Como está tan harta Nona
de la vida de la corte,
tira un día la corona
y decide huir al Norte.

Cuando descubre su ausencia,
El rey Facundo II
deja a mitad una audiencia
y la busca en medio mundo.

No da con ella el monarca.
Con parche en el ojo y loro,
Nona en un barco se embarca,
en busca de un gran tesoro.

Maneja bien la fragata
la princesa pizpireta.
Se convierte en la pirata
más famosa del planeta.

No hay tesoro que no halle,
barco que se le resista,
enemigo al que no calle
ni bucanera más lista.

Cansada de navegar,
tras pensárselo bastante,
Nona dice adiós al mar.
¡Va a ser caballera andante!

Hay un minino asustado
que con maullidos la llama.
Cabalga rauda a su lado
y lo baja de la rama.

De un gran dragón fastidioso
salva al príncipe Basilio,
que es un poquito miedoso
y grita pidiendo auxilio.

Pero un miércoles de mayo
se le ocurre a la princesa
dejar escudo y caballo,
y meterse a juglaresa.

Recorre muchos lugares.
En ellos canta, recita
y hace juegos malabares.
¡Qué profesión tan bonita!

Lo pasa estupendamente.
¡No sueña con otra cosa!
Hacer feliz a la gente
la hace requetedichosa.

La ve el rey y se emociona.
Acepta por fin, contento,
que la vocación de Nona
no es ser princesa de cuento.

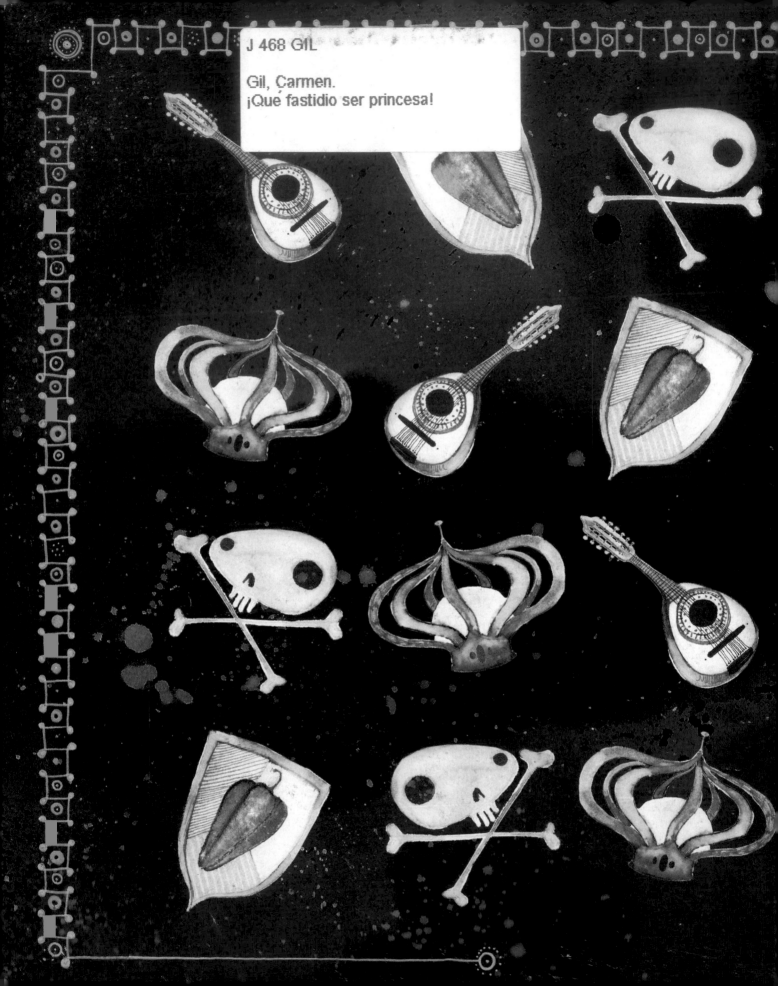